Eva Muszynski & Karsten Teich

Trudel Gedudel purzelt vom Zaun

EVA MUSZYNSKI
KARSTEN TEICH

Trudel Gedudel purzelt vom Zaun

cbj

ELLI
chchch
ZZZZ

Nicht weit vom Meer, hinter dem Wäldchen, liegt Das-Gelbe-vom-Ei in der Morgensonne. Der kleine Hühnerhof schläft noch, als der Hahn Karuso auf den Misthaufen steigt und kräht:

Die Hühner brauchen eine Weile, um wach zu werden. Sie schütteln ihr Gefieder und strecken verschlafen die Zehen.

Wie immer steht Trudel Gedudel als Erste an der kleinen Tür.

Wenn Karuso das nächste Mal kräht, darf Trudel nach draußen.

„Kiiikerikiii!!!“

Trudel Gedudel hüpft über die Hühnerleiter hinaus auf den Hof. ‚Die frühe Henne fängt den Wurm‘, denkt sie. ‚Das hat Tante Elli immer gesagt.‘

Jetzt drängen auch die anderen Hühner ins Freie. Da wird gerempelt und geschubst. Die Hühner finden: „Der beste Platz ist nah beim Hahn."

‚Der beste Platz ist nah am Zaun', denkt Trudel und läuft in die andere Richtung. Denn Tante Elli sagt: „Wo keine anderen Hennen sind, da ist der Wurm für dich, mein Kind."

Die anderen Hühner sind nicht gerne am Zaun.
Es heißt, hinter dem Zaun, da wohnt der Fuchs.
‚Und wenn schon', denkt Trudel.
‚Der passt ja nicht durch die Maschen.'
Sie beäugt ein vielversprechendes Grasbüschel
und fängt an zu scharren.

„Na, Sprudel, was verloren?", fragt eine heisere
Stimme. Oben auf dem Zaun sitzt eine Möwe
und grinst.

„Hallo, Gräten-Käthe“, sagt Trudel und scharrt weiter. Sie pickt nach einem dicken Wurm und schluckt ihn schnell runter. Bei Möwen weiß man nie …

„Iiigitt! So was isst du?“, Gräten-Käthe schüttelt sich.
„Es gibt nichts Besseres“, sagt Trudel. „Außer …
Kartoffelkäfer vielleicht.“
Die Möwe winkt ab: „Ach Nudel! Kartoffelkäfer …?
Kartoffelchips! Die sind lecker! Oder Pommes.“
Trudel hört auf zu scharren.
„Was sind Pommes?“, fragt sie.

Kopfschüttelnd sagt Käthe: „Du weißt gar nix von der Welt hinter dem Zaun, was Pudel?“ „Doch“, widerspricht Trudel. „Ich weiß, dass da draußen der Fuchs wohnt.“

„Hinter dem Zaun, Sprudel, da wohnt die Freiheit! Da gibt es Abenteuer und Currywurst! Hinter dem Zaun …“, schwärmt Käthe, „… da ist das Meer!“ „Mehr?“, fragt Trudel verdutzt.

„Von hier oben kannst du es sehen“, sagt Käthe.
„Falls du es jemals hier rauf schaffst, Laufvogel.“
Sie reckt ihren Schnabel in den Wind.

„So. Genug geplaudert, Knödel“, sagt sie dann.
Die Möwe spreizt ihre Flügel und eine Brise
hebt sie vom Zaun.

„Vielleicht fällt der Zaun irgendwann um. Dann kommst du mich besuchen, ja?“, lacht Gräten-Käthe und schwingt sich höher in den Himmel.

Trudel hört noch:
„Beim alten Strandkorb!“,
dann ist die Möwe
im Blau verschwunden.

Trudel schaut immer
noch in den Himmel,
als die beiden Puten
Ete und Petete
vorbeikommen.

„Hinter dem Zaun …“, sagt Trudel nachdenklich …
„… da wohnt der Fuchs“, fällt Petete ihr ins Wort.

„Ja“, sagt Trudel.
„Aber Gräten-Käthe sagt,
da ist noch mehr.“
„Zwei Füchse?“,
fragt Ete erschrocken.

„Von da oben kann ich
es sehen …“, überlegt
Trudel weiter.

Petete ist empört: „Du willst auf den Zaun?
Das gehört sich nicht!
Wir von Das-Gelbe-vom-Ei fliegen nie!!!
Wir laufen!“

„Wir laufen, wir laufen“, kollert Ete zustimmend.

Aber Trudel Gedudel hört gar nicht zu.
Sie schaut sich um. Ganz in der Nähe
lehnt eine Harke an einer Schubkarre.

‚Fast wie die Hühnerstange',
denkt Trudel und hüpft
auf den Stiel.
Seitwärts trippelt sie nach oben.
„Man muss es nur wollen",
sagt Tante Elli.
„Dann klappt es auch."

Ete ist entsetzt: „Petete, tu doch was! Das Huhn geht in die Luft!"
„Du hast recht, Ete", sagt Petete streng. „Dieser Unsinn muss aufhören!" Sie macht einen entschlossenen Schritt nach vorn.

Trudel reckt sich gerade nach oben, um mehr zu sehen. Dann latscht Petete unten auf die Zinken.

Hochgeschleudert von der Harke
dreht Trudel sich durch die Luft.
Hilflos flattert sie mit den Flügeln.

Sie prallt auf den Zaun, kurz kann sie
sich halten – sie schwankt – dann
kippt sie vornüber.

Sie purzelt vom Zaun, rollt den Abhang hinunter ins Dickicht.

Benommen schnappt Trudel nach Luft.
„Ach – du – dickes Ei“,
sagt sie leise.

„Huhn aus dem Nest …“, haucht Petete. Dann fällt sie in Ohnmacht.

Ete schaut erst zu ihrer Freundin, dann zu Trudel nach draußen. „Na warte“, schnappt sie. „Das erzähle ich Karuso!“ Und sie stapft entschlossen davon.

‚Blöde Puten!‘, denkt Trudel. Sie richtet ihr Gefieder und schaut hoch zum Zaun.

‚Da komme ich nicht wieder rüber, das ist mal klar', stellt sie fest.

‚Aber es gibt ein Tor', fällt ihr ein. ‚Für Besucher und Lieferanten.'

‚Ich gehe einfach vorne wieder rein', beschließt Trudel und kämpft sich aus den Brombeeren.

Trudel läuft am Zaun entlang, bis Brennnesseln den Weg versperren.

‚So was Blödes', denkt Trudel. ‚Jetzt muss ich einen Umweg machen.'

Sie läuft in den Wald. Sie stolpert über Wurzeln und verheddert sich im Gestrüpp.

„Wir von Das-Gelbe-vom-Ei,
wir fliegen nicht,
wir laufen, wir laufen …",
murmelt sie und verdreht
dabei die Augen.

Endlich lichtet sich der Wald.

Erschöpft taumelt Trudel aus dem Dickicht in eine große sandige Hügellandschaft.

Trudel schaut sich um. ‚Der Zaun ist weg', denkt sie erschrocken.

Und dann
fängt es auch noch an
zu regnen.

Patschnass vom Regen, müde und hungrig, schleppt sich Trudel durch die Dünen. Es wird auch langsam dunkel. ‚Bestimmt gibt es zu Hause gerade Mais zum Abendbrot‘, denkt sie.

Hier wächst nur Strandhafer.

Ab und zu pickt Trudel im nassen Sand nach den winzigen Körnchen.

Da ragt auf einmal der alte Strandkorb vor ihr aus der Düne. Windschief und kaputt, mit Unkraut bewachsen, steckt er im Sand. ‚Aber innen ist er bestimmt trocken wie ein Nest', denkt Trudel.

Schnell läuft sie darauf zu.

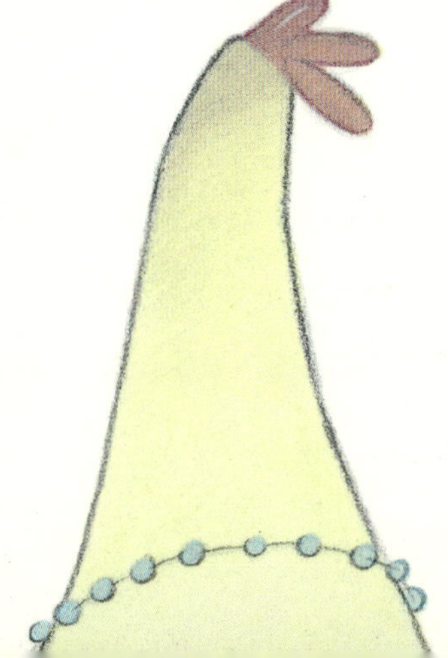

Trudel klettert auf die zerschlissene Sitzbank und kuschelt sich in eine Ecke.

Regenwasser tropft von der schmutzigen Markise. Sie hat an vielen Stellen Löcher. Auch das alte Korbgeflecht müsste mal geflickt werden. Und die Eisenteile sind rostig.

„Ich wollte ja mehr sehen …“, murmelt Trudel. „… aber irgendwie hatte ich es mir anders vorgestellt … Was würde Tante Elli wohl dazu sagen?“

Regen prasselt auf den Strandkorb.
Der Wind klingt wie ein fernes Rauschen zwischen den Dünen. Trudel nickt ein.

„Sprudel?!“

Trudel reißt die Augen auf. Sie schaut sich um. Der Regen hat aufgehört und es ist schon ganz dunkel.

„Na DU traust dich ja was! So spät. Alleine. In der Wildnis.“ Gräten-Käthe grinst kopfüber in den Strandkorb.

„Und ausgerechnet hier!“

„Hier?“, fragt Trudel unsicher. „Wieso?“

Sie späht aus dem Korb. Nebelschwaden steigen aus den Dünen.

„Na ja … hier wohnt der Klabautermann, das alte Gespenst“, sagt Käthe und kichert leise. „Und dem geht man besser aus dem Weg!“

Dann stößt sie sich ab und fliegt in die Dunkelheit.

Trudel sitzt kerzengerade.
‚Jetzt ist es aber sehr Nacht', denkt sie.

Da rumpelt es unten im Strandkorb und
rasselnder Husten lässt die Sitzbank erzittern.

Trudel hört ein beängstigendes Klopfen:
TOCK. TOCK. TOCK.

Dann löst sich eine gebeugte Gestalt aus den teerschwarzen Schatten.
„Herr … äh, … Herr Klautermann …?“, fragt Trudel mit dünner Stimme.

„Kenn ich nicht, wohnt hier nicht und ich werde auch nichts ausrichten“, knurrt die Gestalt.
„Und jetzt verschwinde, das ist mein Strandkorb.“

Trudel drückt sich in ihre Ecke.

„Aber … das geht nicht“, wendet sie ein. „Ich bin ein Huhn!“

„Na und?“, schnauzt das Gespenst.

„Ich bin ein Haustier“, erklärt Trudel. „Ich brauche nachts ein Dach über dem Kopf.“

„Ist mir egal“, sagt die Gestalt.
„Du kannst nicht hierbleiben!“

„Sie aber auch nicht“, sagt Trudel und zeigt auf die löchrige Korbwand.
„Hier bricht ja bald alles zusammen.“

„Und was geht dich das an?“,
fragt das Gespenst grantig.

„Ich kann Nester reparieren“, sagt Trudel. „Also, ich kann das machen, gleich morgen früh, wenn es hell ist.“

„Ich will aber meine Ruhe!“ Die Gestalt kommt drohend näher. „Und dein Gequatsche macht mich ganz krank!“

„Das liegt wohl eher an der kaputten Umgebung“, vermutet Trudel. „Sie werden sehen, wenn ich es Ihnen hier nett mache, fühlen Sie sich gleich besser.“

Da reißt die Wolkendecke auf und Mondlicht fällt auf die Gestalt.

Trudel atmet auf. Herr Klautermann ist gar kein Gespenst! Er ist eine alte, zerzauste Ratte. Auf einen Krückstock gestützt steht er da und starrt Trudel an.

Dann zuckt er mit den Schultern.
„Aber nur für eine Nacht“, knurrt er
und klettert zurück unter die Fußbank.

Schon beim ersten Sonnenstrahl ist Trudel Gedudel hellwach.

Sie hüpft aus dem Strandkorb und sucht nach nützlichen Dingen für die Reparatur. Zuerst findet sie eine blaue Schnur, dann eine Plastiktüte und einen bunten Strohhalm.

Und dann liegt da ein kleiner Eimer.

Weil Tante Elli immer sagt: „Manchmal ist es auch gut, wenn alles im Eimer ist", packt Trudel die Schnur, den Strohhalm und die Tüte hinein.

Dann legt sie noch Strandhaferhalme dazu und klettert mit dem Eimerchen auf das Dach des Strandkorbes.

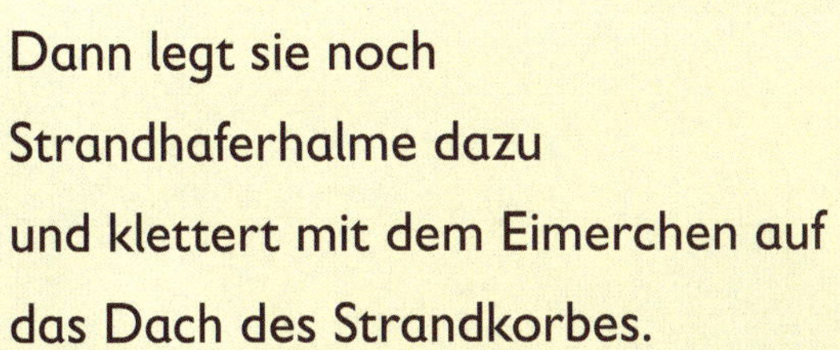

Trudel knüpft und stopft, und bald sind alle Löcher geflickt. Sie zupft gerade den letzten Halm zu einer Schleife, als Gräten-Käthe neben ihr landet.

„Hey, Nudel!“, ruft die Möwe erstaunt.
„Was machst du denn noch hier?“
„Ich repariere Herrn Klautermanns Dachschaden“, sagt Trudel.
„Echt jetzt?“, kichert Käthe. „Welchen denn?“
Trudel stutzt. Dann muss sie mitlachen.

„Was soll dieser Krach auf meinem Dach?“
Herr Klautermann steckt den Kopf aus dem Untergeschoss.
„Wird das ’ne Vogelhochzeit, oder was?“

„Krieg dich ein, Herr Klautermann“, grinst Gräten-Käthe. „Trudel repariert deinen Dachschaden.“

„Und ausgerechnet die verfressenste Möwe vom Strand hilft ihr dabei, ja?“

Herr Klautermann klettert ächzend ins Freie.

„Bist du fertig?“, raunzt er Trudel an. „Dann schwirr endlich ab. Oder wie immer du dich fortbewegst.“

„Ich bin ein Huhn, ich laufe“, sagt Trudel bestimmt. „Und ich gehe sowieso. Ich will nämlich noch etwas mehr sehen.“

„Gute Antwort, Sprudel!“, lacht Gräten-Käthe. „Das Meer ist da drüben“, mit dem Schnabel weist Käthe die Richtung.
„Da gibt es zwar keine Pommes, aber Krabben“, fügt sie hinzu. „Superlecker!“
„Gut, dann geh ich jetzt“, sagt Trudel.
„Und den Eimer nehme ich mit.“
Sie flattert vom Strandkorb.

„Auf Wiedersehen, Herr Klautermann.“
„Lieber nicht“, knurrt die Ratte.
Mit hochgerecktem Kopf spaziert Trudel in die Dünen.

Herr Klautermann rekelt sich im Strandkorb. „Endlich Ruhe“, seufzt er zufrieden.

Auf dem Dach sitzt Gräten-Käthe und macht Trudel nach: „Ich will nämlich noch etwas Meer sehen.“

„Sie wird sich bald wünschen, dass es etwas weniger wird“, grummelt der Alte.
„Wenn die Flut kommt.“

Klautermann schaut zu den Dünen.
„Ist sie wenigstens ein Tauchhuhn?“

„Keine Ahnung“, sagt Käthe und grinst:
„Vielleicht hat sie Schwimmflügel.“

Inzwischen sieht Trudel tatsächlich mehr.
Mehr Sand, als sie jemals gesehen hat. Zuerst Sandberge, danach flachen Sand und schließlich nassen Sand.

‚Verglichen mit dem Hühnerhof ist das trotzdem ziemlich wenig', denkt Trudel. ‚Kein Misthaufen, kein Hühnerhaus, und weit und breit niemand zu sehen.'

Aber einen Zaun gibt es.
Einen sehr merkwürdigen Zaun.
Er fängt im nassen Sand an,
und er hat keine Maschen,
nur viele Pfähle, einen
neben dem anderen.

Sehr niedrige Pfähle.

Trudel kann mühelos hinaufspringen.

Der Zaun verläuft schnurgeradeaus. Neugierig läuft Trudel auf den dicken Pfosten weiter.

‚Wenn Ete und Petete mich sehen könnten', denkt sie.

Rechts und links vom Zaun gibt es jetzt weniger Sand und dafür mehr Wasser.

Und dort liegt eine rostige Blechkiste im Matsch. „Siegfried und Roy – Schi-szw-ack“ kann Trudel auf dem Deckel entziffern.

Höflich klopft sie mit dem Schnabel an:
„Hallo? Ist bei Schiszwack jemand zu Hause?“

Der Deckel hebt sich ein wenig. Zwei Stielaugenpaare mustern das Huhn misstrauisch.

„Seid ihr Krabben?“, fragt Trudel neugierig. Sie schaut noch einmal auf den Deckel. „Siegfried und Roy, ja?“, fragt sie weiter. „Ich bin Trudel. Ich bin ein Huhn.“

Hinter den Dünen sitzt Gräten-Käthe auf dem Strandkorb. Sie ist schon wieder hungrig.

„Vielleicht suche ich mir tatsächlich ein paar Krabben", überlegt sie.

„Gute Idee", knurrt Herr Klautermann und wedelt mit seinem Krückstock.
„Hau ab! Und leiste diesem nervigen Huhn Gesellschaft. Es rennt da draußen mutterseelenalleine rum und das Wasser steigt schnell."

Leise fügt er hinzu:
„Geschieht ihr ganz recht."

„Na ja“, sagt Gräten-Käthe. Sie zeigt auf die kleine Schleife: „Deinen Strandkorb hat Trudel ordentlich geflickt.“

„Stimmt“, muss der Alte zugeben. „Das war nicht schlecht. Aber sie nervt trotzdem.“

Trudel Gedudel späht mit schief gelegtem Kopf in die Blechdose. „Ihr müsst keine Angst haben“, versichert sie. „Ich bin doch keine Möwe, ich fresse euch nicht.“

Langsam öffnet sich der Deckel. Die Krabben lassen Trudel nicht aus den Augen. Sie krabbeln aus der Kiste. Ihre Beine klackern auf dem Blech.

Trudel freut sich: „Das klingt toll! Seid ihr Stepptänzer?“

Eine kleine Welle schwappt in die leere Kiste.
Die Krabben klettern zu Trudel auf den Zaun.
Sie laufen hin und her und winken aufgeregt.

„Oh, ihr müsst jetzt gehen?“, fragt Trudel. „Schade, es war so ein nettes Gespräch. Aber ich will ja auch mehr sehen …“, sagt sie dann und winkt ebenfalls. „Also, Tschüss ihr beiden.“

Die Krabben winken und winken.

Trudel setzt ihren Weg fort.
Nach einer Weile schaut sie sich um.
‚Sie winken immer noch', denkt sie.
‚Nette Jungs. Die hätten Tante Elli gefallen.'

Zwischen den Pfosten gluckert und
schwappt das Wasser.

„Die Nudel wird schon keine nassen Füße bekommen." Gräten-Käthe ordnet ihr Gefieder. „Außer … sie hält die Buhne für einen Zaun", grinst sie. „Einen, auf dem sogar Hühner laufen können."

„Aber … sie würde doch nicht der Flut entgegenlaufen …", sagt Herr Klautermann nachdenklich.
„Oder?"

Die beiden starren sich an.
Strandhafer raschelt im Wind.
Das Meer hinter den Dünen
ist auf einmal sehr laut.

„Gehen wir nachsehen“, sagt Herr Klautermann und greift nach seinem Stock.

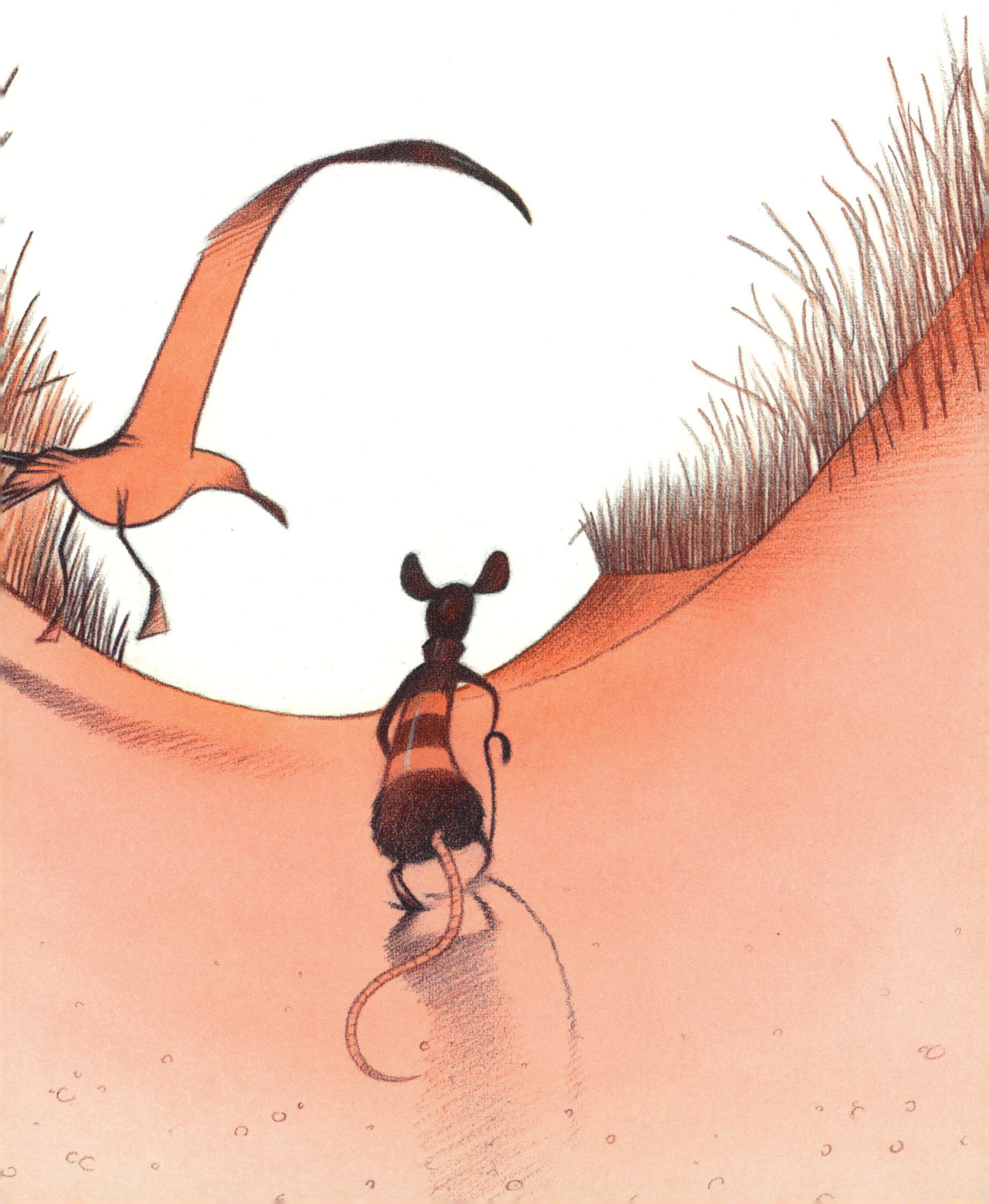

Trudel ist schon weit gelaufen, als der Zaun plötzlich endet. Schwarz und morsch ragt der letzte Pfahl vor ihr auf.

‚Och! Schade!', denkt Trudel und macht kehrt.

Aber der Rückweg ist fast verschwunden!
Von allen Seiten schwappen Wellen über das Holz.

„Das ist viel mehr Wasser, als ich jemals gesehen habe", staunt Trudel.

Kalte Gischt spritzt über ihre Füße.

Erschrocken rettet sich Trudel auf den letzten Pfosten. Sie drückt sich das Eimerchen vor die Brust.

Aber das Wasser kommt hinterher!

Es steigt immer höher und schon bald reicht es Trudel bis zum Bauch.

‚Dieses mehr gefällt mir nicht. So viel Wasser mag ich gar nicht sehen', denkt Trudel und stülpt sich den Eimer über den Kopf.

‚Ich bin im Eimer, Tante Elli', denkt sie.

Dann spült eine riesige Welle Trudel vom Pfosten.

Außer Atem erreichen Herr Klautermann und Gräten-Käthe das Meer.

Schwere Wellen rollen auf den Sand und die Buhne ist längst überspült.

Trudel ist nirgends zu sehen.

„Sprudel!“, schreit Gräten-Käthe. „Wo bist du?“ Im Tiefflug sucht sie den Strand ab.

Herr Klautermann schleudert den Krückstock weg und stürzt sich in die Brandung.

Trudel klammert sich an den Eimer und sinkt wie ein Stein. Das Wasser ist überall. Außer im Eimer. Da ist noch Luft drin.

Alle Geräusche sind verstummt.
Sanft plumpst Trudel auf den Grund.
Das Wasser ist kalt.
Es wiegt Trudel hin und her.
‚Und was jetzt?', fragt sie sich.

Plötzlich bewegt sich der Sand unter Trudels Po. Es zwickt ein bisschen. ‚Autsch', denkt Trudel. Und dann wird sie hochgehoben und fortgetragen.

Herr Klautermann paddelt zwischen
den Wellen auf und ab.
„Huhn!“, schreit er verzweifelt.
„Ich hab’s nicht so gemeint!“
Auch Käthe stürzt sich in die Fluten.
Und die Fische sind ihr dabei ganz egal.

Unbemerkt taucht hinter den beiden ein kleiner Eimer in der Brandung auf.

Zügig bewegt er sich in Richtung Strand.

Trudel wird vorsichtig im Sand abgesetzt.
Sie nimmt den Eimer vom Kopf und schaut in die Stielaugen von Siegfried und Roy.

„Ihr zwei habt mich ins Trockene getragen“, staunt Trudel. „Das war wirklich sehr nett! Wasser von allen Seiten ist nämlich gar nicht gut für ein Huhn“, stellt sie fest und schüttelt ihr Gefieder.

Dann entdeckt sie Gräten-Käthe
und Herrn Klautermann im Wasser.
„Huhu!“, ruft Trudel und winkt.
„Was macht ihr denn da?“

Herr Klautermann fährt herum. „Trudel!“, ruft er erleichtert.
Und dann: „Wieso bist du an Land, du dummes Huhn?
Wir dachten, du bist in Seenot!“
„Aber – ich seh euch doch!“, ruft Trudel zurück.
„Dieses Huhn macht mich fertig“, murmelt Gräten-Käthe.
Sie macht sich mit der Ratte
auf den Weg zum Strand.

Die Krabben sehen
die Möwe kommen
und flitzen blitzschnell
in den Strandhafer.

„Tschüü-üss, bis bald“,
winkt Trudel ihnen hinterher.

Käthe hilft Herrn Klautermann aus dem Wasser.
Erschöpft sinken die beiden neben Trudel in den Sand.

„Das Wasser ist ziemlich kalt, oder?“, fragt Trudel. „Quatsch“, schnaubt Herr Klautermann und wringt sein Ohr aus. „Wir sind hart im Nehmen.“

„Genau“, stimmt Käthe zu. „Wir vom Strand, wir halten was aus, Sprudel. Hier ist ja nicht Das-Gelbe-vom-Ei.“

„Da hast du recht, Gräten-Käse“, nickt Trudel. Sie schaut zum Horizont: „Es gibt hier so viel mehr Wasser.“

Herr Klautermann grinst: „Wahrscheinlich heißt es deshalb auch so – Meerwasser.“

Trudel sagt: „Ich glaube, Tante Elli würde es hier gefallen.“

Dann sagt lange keiner mehr etwas.
Die drei lehnen sich zurück und schauen zu,
wie die Sonne langsam im Meer versinkt.

Sollte diese Publikation Links auf Webseiten Dritter enthalten, so übernehmen wir für deren Inhalte keine Haftung, da wir uns diese nicht zu eigen machen, sondern lediglich auf deren Stand zum Zeitpunkt der Erstveröffentlichung verweisen.

Dieses Buch ist auch als E-Book erhältlich.

Verlagsgruppe Random House FSC® N001967

2. Auflage 2019

Innenillustrationen und Cover: Karsten Teich
Umschlaggestaltung: Kathrin Schüler, Berlin, unter Verwendung einer Illustration von Karsten Teich
aw · Herstellung: AJ
Satz und Reproduktion: Lorenz & Zeller, Inning a. A.
Druck: Mohn Media GmbH, Gütersloh
ISBN 978-3-570-17592-7
Printed in Germany

www.cbj-verlag.de

Karsten Teich wurde 1967 in Hannoversch Münden geboren und studierte Kunst an der Hochschule der Künste in Kassel. Seit 2001 illustriert er Kinderbücher für verschiedene Verlage. Seine Figuren und Geschichten haben inzwischen viele Freunde gefunden. Er zeichnet, schreibt und lebt mit seiner Familie in Berlin.

Eva Muszynski, Illustratorin und Autorin, ist in Berlin geboren. Sie zeichnet, seit sie einen Stift halten kann, und schreibt seit der Grundschule eigene Geschichten. Sie hat ein Diplom in Visuelle Kommunikation und veröffentlicht seit zwanzig Jahren Kinderbücher. Sie lebt noch immer in Berlin.

Anu Stohner / Henrike Wilson

AKLAK, DER KLEINE ESKIMO

„Weit, weit im Norden, wo die Welt ganz weiß ist vor lauter Eis und Schnee, da wohnt der kleine Eskimo."

Herzerwärmende Vorlesegeschichten von Aklak, dem kleinen Eskimo, seinem braven Hund Tuktuk und der großen Kraft der Freundschaft.

Das große Rennen um den Eisbärbuckel
Band 1, 144 Seiten,
ISBN 978-3-570-17227-8

Spuren im Schnee
Band 2, 144 Seiten,
ISBN 978-3-570-17228-5

Ein Wal für alle Fälle
Band 3, 144 Seiten,
ISBN 978-3-570-17460-9

Udo Weigelt / Joëlle Tourlonias

Manchmal braucht es nur eine gute Geschichte und ein Schälchen Erdbeeren mit Sahne, um einen Freund zu finden, mit dem man einschlafen möchte!

Luna und der Katzenbär
Band 1, 80 Seiten,
ISBN 978-3-570-17298-8

Luna und der Katzenbär vertragen sich wieder
Band 2, 80 Seiten,
ISBN 978-3-570-17299-5

Luna und der Katzenbär – Ein magischer Ausflug
Band 3, 80 Seiten,
ISBN 978-3-570-17370-1

Luna und der Katzenbär Gehen in den Kindergarten
Band 4, 80 Seiten,
ISBN 978-3-570-17371-8

8351_4

www.cbj-verlag.de

Andrea Schomburg / Stefanie Reich

Wie Otto und Knobelius beste Freunde werden, ins wilde Knorffien reisen und in der Schule für allerhand Chaos sorgen.

Spannende Freundschaftsgeschichten in großer Schrift – mit vielen lustigen Reimen!

Otto und der kleine Herr Knorff
Band 1, 144 Seiten,
ISBN 978-3-570-17375-6

Otto und der kleine Herr Knorff – Auf Monsterjagd
Band 2, 144 Seiten,
ISBN 978-3-570-17376-3

Otto und der kleine Herr Knorff – Donner, Blitz, Knobelius
Band 3, 144 Seiten,
ISBN 978-3-570-17388-6

8388_3